歌集

夏・二〇一〇

永田和宏

永田保[illegible]

夏・二〇一〇

恵存

妻・河野裕子に

＊目次

平成十九年（2007）

平成二十年（2008）

平成二十一年（2009）

平成二十二年（2010）

装幀　濱崎実幸

永田和宏歌集

夏・二〇一〇

平成十九年（２００７）

あとさき

あとさきのはかなきを言ひまた言へり無人駅舎に散る夕ざくら

われよりは長生きをせよするべしと夕べのさくらに触れて冷えゐつ

カミツレ

百万遍は自転車多き交差点　曲がれば「大」が正面に見ゆ

臘梅の咲く定食屋は路地の奥百万遍を左に折れて

焼酎を蕎麦湯割りにて飲む午後の蕎麦屋の窓をまだ降れる雨

三段組五ページほどにまとめられし人の年譜を閉ぢる冬の日

もうそこは晩年にしていくつもの受賞の記録ばかりがならぶ

右から左へどんどん歳をとつてゆく齣落としのやうな春夏秋冬

特・上・並と見較べて「上」を択ぶ性かなしと思ひ思ひつつ食ふ

眠つてゐる心は夢に置き去りにしてとりあへずズボンから履く

蘿窓《らさう》とふことばに適《ふさ》ふ小《ち》さき窓地球物理のまだありし頃

宇宙物理の角を曲がれば厩舎なり昔のままなり干し草のにほひ

これ以上けふは読んではいけないと眼の奥の黒きかたまりが言ふ

カミツレを買つて帰らうか傷ついたヤマネのやうに君がゐる家

ただ黙つて気づかふといふやさしさのまだできてない君にも我にも

久留米絣小さくまるく着なれたる君が箏の音を楽しむ

歯ブラシを銜へてあなたは死ぬのよと託宣のごときは風呂のなかより

普賢象桜

老人といふには違ひなけれどもこの九十歳《きうじふ》は圧倒をする

少年のごとくりくりとまなこ動き清水房雄は語りやまずき

理科系の歌おもしろしと言ひくれしその言なれば疑ひもせず

まつすぐに物言ふ人のそのまへに見出でてうれしわれが素直なり

桜ばかり見て来し疲れ石段の一段ごとに水の溜れる

青きシートに石置かれをりカウモリがどたばた飛んでこの夕ざくら

普賢象桜《ふげんざう》を見たきかな千本ゑんま堂にいま咲く頃か普賢象桜

どの枝も水面に垂れて川岸にさくら咲くとき枝うつくしき

田螺と黄砂

黄砂濃き街に降り立ち歩み遅き人らの歩幅をたどりつつ行く

九竅《きうけう》の二竅三竅今日は詰まり晩春の街黄砂に濁る

うつらうつらとしてをりしかど水ぬるき田の面《も》ゆ田螺はさらはれにけり

水の面を過ぎゆく風にうらがへる雌雄同体田螺さびしも

鴨川の飛び石はすなはち亀石で亀を渡つて対岸に着く

亀を飼はうと思ふ本気があぶないとにやりと忠告をする人がゐる

薄目して駱駝齝《にれが》む春の光　オサマ・ビン・ラディンゆくへ杳《えう》たり

朝の蟬

ばちばちと出がけのわれを打つてくる退屈などは知らない蟬ら

死んでゐる奴にかまける暇などはないと囂《かしま》しこの朝の蟬

子を見ずに死んでいくこと　もし蟬に悲しみなどがあるとするなら

素数ゼミに十三年と十七年の区別ありどつちもどつちと言つてはならず

あふむいて雲を眺めて眠りたいもはやかなはぬ憧れと言ふか

もう少し

もう少し時間はあるか、あるだらう　同世代昼を飲みつつ盛り上がるなり

たつた三つあれば足りるを鍵束の鳴りのうるさし階くだりゆく

愚陀仏と称して日々を隠りゐしあのころ彼に髭はあつたか

昔のやうにまだもうすこしつきあへよワインをビールで割つたりしないで

「うまこちやん」で始まるメール「お父さん」と今日の書き出し何事ぞこれ

門司にて

疲れすぎしわれに猫科の匂ひあり禾《のぎ》科の匂ひも少しまじるか

古き駅舎の噴水の辺に置かれゐる人力車に細き雨の線見ゆ

あみだくじのやうに乱れてこの古き壁に煉瓦は百年をゐつ

手になぞる古き煉瓦の古き壁レンガは横に並べてぞ積む

海峡は地と地のはざま懸垂の線うつくしく橋を渡せる

直線はきらひだできればしなやかな線がいいぜと金のゑのころ

秋の退屈

月にしづかな賑はひの秋いたるべし〈かぐや〉に遅れ〈嫦娥《じやうが》〉も発ちぬ

＊〈かぐや〉は日本の、〈嫦娥〉は中国の月探査衛星

無伴奏チェロなど聴いてゐるやうに秋の蜻蛉《あきつ》が風にとどまる

泣いてゐたのは知つてゐるぜとついてきて畳にこぼれてゐるゐのこづち

何もかも知つてゐるのは辛いこと悲しいことと言へ　ゐのこづち

開《あ》いた口が塞がらぬなら秋の日の石榴は笑ふしかないではないか

あちらでもこちらでも木が伸びをして秋の退屈まぎれもあらず

柿の木の古木《ふるき》の影がおのづからにじみ出すごとき築地塀あり

「わたくしが…」などと突然言ひはじめたる私《わたくし》はわれかとわれが驚く

をみなへし

をみなへし黄のひとむらの丈たかく秋の近江は水にほふなり

無人駅となりて久しきホームには破れ目破れ目にをみなへし咲く

生きてゐてもらはねばならぬただひとりわが母を知るものとして父は

耳遠くなりたる父は向かうむき秋の蜻蛉《あきつ》を眼に飼ふらむか

いつ来ても上機嫌なる末の子の足にびつしり盗人萩が

平成二十年（２００８）

ひよどりじやうご

なんてかはいさうな男だ俺はと振つてみるヒヨドリジヤウゴの紅き冬の実

凹んでゐるけふの私を慰めよそこにゐるなら　おーい、をみなへし

この亀がついてくるなら飼はうかと後宇多天皇陵夕翳るころ

こみあげる笑ひを必死にかみ殺しこらへてゐるのは知つてるぜ、おい

どこまでも笑ひをこらへ瞑目しいつかは亀が爆発をする

ミミズのローリになつたつもりで立つてゐるかけがへのなきこの退屈の刻《とき》

コニャックに射手座《サギタリウス》のラベルあり腹《わた》なかの臓なべてほがらか

ぼく

誠実とふ言葉いく度もあらはるる戦後の論をまた読みかへす

男らが「ぼく」と書きゐしあの頃の論の素朴と熱さを愛す

高安国世に話は及び…

どれほどの歌人だつたかと人問へりわが師であつたそれはそれだけ

立葵がＥ号館に揺れてゐしかの夏に出会ひともに若かりし

先生と呼べるひとりを持ち得たること臘梅が庭深く咲く

俺だつてほんたうはまだわからない高安国世とは何だつたのか

限界はわれがいちばん知つてゐる地表は濡れて雲の影濃し

言ふまでもないが師が師でありたるは我が思ひにて　量りしにあらず

曼荼羅華はダチュラと知りぬ曼荼羅華の烟のなかの高安国世

八つ手葉の重なり濡るる北白川小倉町にも行かず久しき

やどりぎ

もう海にもぐることなき錨なり軸が斜めに陽を受けてゐつ

ひよつとしたらあの時死んでゐたかもと思へる時のひとつやふたつ

誰が死んでも不思議ではないこんなにもさびしい秋の黄葉《くわうえふ》の季《とき》

黄葉《もみぢ》する葉に包まれて木はしづかすべてが同じ葉のかたちなり

こんなにも百舌が騒げば火の匂ひこもりて榛の木林の黄葉《もみぢ》

黄葉《もみぢ》して山がざわざわ浮きあがるけふはあなたがよく笑ふ日だ

言つて欲しい言葉はわかつてゐるけれど言へば溺れてしまふだらうきみは

ヤドリギはいつものほほんのほほんと上機嫌なり枝に吹かるる

脹脛《ふくらはぎ》の重きを曳きて晩秋《おそあき》の河口まで来しが来て何になる

河口そして港はさらに猥雑でいつもよごれた犬が寝てゐる

池を渡せる小さき橋の石橋を潜りて鯉は裏返りたる

夢のなかにひつくり返つてゐたはずの亀が重くて重くて覚めぬ

グーグルアースに辿ればわが家の赤き車　家居の妻は昼寝のころか

わが知らぬ学生らつぎつぎ頭をさげてゆくああいつの間にか老教授なり

ひさしぶりのわが爆発を喜んでゐるらしき学生らのひそひそ話

つまらないから、いつも自分に言ひ訳をするのはやめよとまたくりかへす

余計だつたあのひと言はいまになほ忌々《いまいま》しけれ　羞《やさ》しくもあれ

傘立てのやうにしづかにしてをればこのパーティもたちまち終はる

おお、どんどん自慢話が出てくるぞ　それからそれからそれから？　さうその次は？

中年

あつけなく人は死にたり死後といふ日のいちにちを雪が閉ざせり

黄泉の国より吹く風といふ風を受く八百《やほ》杉の根の深き闇より

裏がへりたる亀のごとくに方便《たづき》なき三連休の最後の夕日

中年の男らはみなガムを噛んで俺は中年だといふ顔をする

鳥曇り

薄ら陽の庭にかたまり咲いてゐるヒガンバナ科のニホンズイセン

さびしさはわかつてゐるよ水仙がよく咲いたねと言ひてそののち

われが先に死ぬと決めゐて汝は嘆くごはんのくぼみに卵を置いて

君よりも老けてしまひぬ水雪を滴らせゐる椿の下に

カーブして径は林の奥に消ゆもう少し行かうと人は言ふなり

着膨れて綿虫が庭をただよへる陽のあるうちに帰りきたれば

厚着して動きの鈍き綿虫を綿に閉ぢこめ馬印マッチ箱

河豚と海豚どつちがどつち　どつちでもいいがどつちも陽気な奴ら

無用の長物といふ長物はなべて良けれメートル原器のある記録保管所《アルシーブ》

円周率十万桁を暗記すと改めて怖ろし意味なきことは

鋤のポーズうまくなつたとほめやれば英雄のポーズだつてとまたはじめから

あほらしと言ひてむかうを向きたるにまだ笑ひゐるあなたの肩が

門口にわれを待たせて留守番をしつかりねと猫に言ひきかせをる

思案する亀も微睡《うまい》をする亀も動かず空は鳥曇《とりぐも》りして

学位審査

雪だるまでありたるならむかたまりがまだ残る学食ガラス戸の前

骨のないねずみを作りにんまりと我も学生も冬の日だまり

審査とか評価とかそれに査定とか逃げ出したいよな時計塔おーい

学位審査やうやく終へて川岸にやはらかき土を踏みたくて来ぬ

もうそろそろ飛びたつ頃だと見上げゐる知恩院の大屋根がまだ羽搏かぬ

しかしやつぱり力士に乳の垂れゐるは醜きものと思はざらめや

散るもあり散らぬもありて花の木の続ける春の川の辺《へ》を行く

椿

竹藪を伐りて椿が残りたり椿は闇に濃く残りたり

六本の大き椿に囲まれて朝あり夜ありわれら寂しも

桐の木があればそこには人が住みそこここに雪の集落がある

雪積める夕暮れはことに黒く立つ若狭へぬける街道の桐

阿寒の猫

雪解けの水ゆたかなり雪残る雑木林がさらさらさらさら

雪残る中洲に水はふた分れしてそれぞれが林に消ゆる

雪いまだ残る阿寒の牧場の泥濘《ぬかるみ》に猫はめそめそとゐる

稜線にうぶ毛のやうな木々の影残して山ははやも暮れゆく

『コタンの口笛』読みゐし頃のさびしさがそんなにも遠い日のことだとは

湖心までいまだこほれる阿寒湖がおいでおいでとゆふぐれてゆく

雄阿寒だいや雌阿寒だとはしやぎたくもならうつて露天風呂の朝は

三次元エコー

駆けてくる三人《みたり》どの子も草いきれを濃くまとひをり順に抱きあぐ

川端通り街路樹にある鳥の巣をひみつひみつと数へて歩く

この柱残しておいてねと念を押す来るたびに背を刻みたる柱

背を測るはわれの役割三人子を順に立たせて柱に記す

いつもいつもヤドリギよりも機嫌良きこの三人子にもうすぐ弟

三次元エコーは見するわが孫となるまへ母胎に欠伸してゐつ

まなこを閉ぢて聴いてゐるのかプローベのエコーもそして我らの会話も

おとうと

狂つてゐるのは二割がよくて以上でも以下でもいけない歌作るとき

作歌ハイといふのがあつて午前四時を過ぎたあたりがもつとも危険

どう思ふとわが尋ぬればこの頃はおとうとのやうに答へてくれる

息子にも我にもつひにあらざりし弟といふが明滅をする

消しやうのない傷を抱へておほかたは笑つて家族とふ時間を渉る

鰓呼吸

ゆふやみが鰓で呼吸をしてゐたり長谷八幡石段のわき

立ちあがり濡れつつ坂が追ひかけてくる気配なりゆふぐれの坂

梅干しを石もて割りて名の由来知らぬ天神《てんじん》をありがたく食ふ

あならに憑くのはあれは何だつけ峠の石が陽に温みをり

若気の至りなんて今さら似合はないグラスに髭を触れつつ呑めり

人麿も芭蕉も

人麿も芭蕉も見たることのなき雲の海とふが足もとにある

書き終へるを断念したれば夜は愉し牛深雲丹に薩摩焼酎

パネラーは足が暇なり前垂れの布の向かうにひらりひらりと

携帯を耳に押しつけごめんねごめんねと朝の車輛に少女はありき

どうしたつてもう携帯は剝がれない謝りつづけて死んでおしまひ

裏木戸

この秋にもうあふことはなき人に会ひに行くなり裏木戸の熱

手を握ることなどなかりしこの義母《はは》の透けるまで痩せし指を包めり

酔芙蓉のどの葉も萎れ夏の庭もうすぐ母は死なねばならぬ

眠る人を眠れるままに残しきて熱のゆらめく裏木戸を出る

いつもいつもこの裏口に見送りてくれたる人は夏を眠れる

仰向きてもがける蟬を拾ひあげ君がしばらく手のひらに見る

そこはもう川の半ばと告げられてふりかへるとき顔は水照《みで》りす

晩夏のポスト

笑ひ出した方が負けだと石の上に陽を浴む亀が百年眠る

石の上に観天望気をする亀もわれも取り残されていく方の組

帰りこぬ猫の名呼びて路地をゆく夕べの路地に咲く仙人草

拳大《こぶしだい》とにぎりて見せぬしかれどもまだ見たことはなしヒトの心臓

栞紐使はぬままに読み終へし文庫本を書棚に無理やり押し込む

時刻表は褪せて西日に読めざりき岬の鼻に待つ風のバス

行き過ぎてもどり来たればなまあくびをかみ殺しゐる晩夏のポスト

赤亀の岩とし聞けばはるかなる岩に眼の見ゆ波寄する見ゆ
佐渡鶯山荘の碑のために

午後の椅子

ぺちやこいときみが言ふときほんたうにぺちやこい魚がふくふく笑ふ

きみが時間をわがものとして疑はず領しゐしころの晩夏の光

誕生日はカミツレを買ふと決めてゐたあの頃のきみあの頃のわれ

カモミール淹れようかと言ふ　存在のはかなき午後の陽の翳る庭

どうしても追ひつけぬ時間のあることをくり返し言へり語尾長く言へり

あの午後の椅子は静かに泣いてゐた　あなたであつたかわたしであつたか

きみが誉めくるるがわれの力だつたと気づくいまごろになつて

あなたにもわれにも時間は等分に残つてゐると疑はざりき

あつと言ふ間に過ぎた時間と人は言ふそれより短いこれからの時間

ある日ふと人は消ゆるなり追ひつけぬ時間はつひに追ひつけぬまま

ヤドリギは夕暮れ影を深くする幸せすぎたと泣く人がゐる

遠浅にひとり浮き身をするやうなさびしさはもう嫌なのだ人よ

一生《ひとよ》とふ言ひかたももう許されるだらう晩夏の庭に斑猫《はんめう》は来て

われを三度《みたび》否《いな》むならむと言ひし人のそのさびしさが今ならわかる

水搔きが欲しい夜半なり月光が長き廊下のすみずみに盈《み》ち

ひたひたと肺のあたりに吃水を感じつつゆく夜の病室

手榴弾ほどの重さかポケットに入れたる亀が手足を仕舞ふ

そこはいつもやはらかな陽が差してゐて木の椅子がある鼓室前庭

鼓膜の向かう、鼓室前庭に面して前庭窓があるらしい

前庭窓《ぜんていさう》の向かうはすでに夕暮れで静かに蟬が鳴くばかりなり

きみがゐてわれがまだゐる大切なこの世の時間に降る夏の雨

老教授

「場違ひに出てしまひやした」といふやうな比叡の肩のまんまるの月

これがまあわが身に起こることとなるやこの頃は押しも押されもせぬ老教授

大学とふこのあいまいな空間にわれより年寄りはもうあまりゐない

われを感じて研究室《ラボ》の灯りが光増すさうか今日は日曜だつたか

電話の向かういつも子供が泣いてゐる男盛《を》りとふ若き季《とき》の過ぎ行き

ひとりの朝

あの家には何かがゐたときみが言ふ君が言ふからさうかも知れぬ

断はれるかぎりはすべて断はれと点滴終へし人にまた言ふ

断はらねばならぬはわれかたのめなくきみがひとりで待つ家がある

ロールパンのねぢりの溝にバターをねぢ込んでひとりの朝のひとりの食事

こんなふうに馴れてゆくのか幾たびも立たねばならぬ朝のテーブル

朽ち舟

葦《よし》の茂みに秋の陽温《ぬく》しとろりとろり微睡《まどろ》めるごと舟は朽ちゐつ

朽ち舟が秋の陽を浴むこのあたりかつて水路でありし葦原

木の舟は朽ちつつ葦の原にあり溜まれる水がアメンボを載《の》す

湖へ謐《しづ》かにつづく水の路　舟は朽ちゐつ櫓ももろともに

ヤドリギが肘にも肩にも生えさうだ対岸夕日のなかのヤドリギ

みづからの死に顔を知る誰もなく会議は陽気に短く終はる

次亜塩素酸の匂ひまとひて夏の午後プール帰りのさびしい疲れ

斑猫《はんめう》のやうに突然搔き消えることもあるらむたとへばわれも

築地市場駅

必死さだけが価値でなどあらうはずがない抜け殻の蟬はどれも上向き

ゲンノショウコの花が咲いたと告げに来るきみに従ひ庭の隅まで

あくびをするから毒蛇《どくへび》が好きだと言ふをとこ蛇を残して連行されき

魚の匂ひまとへる人らとすれちがふ大江戸線地下築地市場駅

キュビストの視線で女を見てゐるとたしなめられつ中庭の椅子

アッチョンブリケ

人を刺す言葉はいよいよ華やぎてすなはち言葉はおのれをも刺す

アッチョンブリケなどと言ひゐし末の子がしづかに泣けり電話の向かう

大文字の大の付け根に夜明けまで飲みあかしたる頃の大の字

その兄にどんどんはなされ妹の泣きつつ駆けるイヌタデの花

ウマちやんは自分のものだと思ひゐる三番目の子が手を引いてゆく

平成二十一年（2009）

あの頃

さみどりの籠は抱かれてゆふぐれの常総台地ヤドリギの多し

Post Coitus《ポスト・コイタス》とふ不思議な店はスコッチの専門店でマスターが不思議

— Post Coitus ＝受精後

受精後十一日目に必ず死ぬことになつてゐるわれの遺伝子欠損マウス

ゆふべマウスが受精したこと知るために尻尾を下げて膣栓《プラグ》を調ぶ

風に流れ水に流れてたえまなく煤は行くなり町の下流に

一輛の電車と言へど秋の野にすすきも彼岸花も靡かせて行く

黒猫が塀の上《へ》にゐるこの路地に密度希薄な月光は差す

風に乗りて鳶は行くなりゆつたりと地の凹凸を空に映して

「あの頃」などときつと言ふだらうあの頃の木椅子に細き雨が降りゐる

点滴を受けつつ眠りゐる人の眠りの午後に雨やはらかし

部屋にしづかに眠れる人を残しきて中庭に出れば綿虫が飛ぶ

今年また同じところに白花のひよどりじやうごの花咲き出でぬ

鵯上戸が咲いた咲いたと気乗りせぬきみを連れだす八幡の森

日々

もうおやめきみの今夜のさびしさは脱臼してゐるそのはしやぎやう

不安を自分で迎へに行つてはいけないと家を出るときまたくりかへす

四階

蒲公英の架漉きこみし葉書来てしづかに人の死を知らせたり

おにふすべの口より胞子の漏れる見ゆ忘れよ言ひて甲斐なきことは

空き壜を窓辺にならべすこしづつ忘れることをおぼえてゆかう

入り口の暗証番号得意気に教へる子教へざる子の年の差わづか

四階といふ空間にすぐに慣れ背伸びしてエレベーターのボタンを押せる

ひとりひとり兄弟は増えるものなるとまつぶさに見て櫂しづかなり

狭き部屋のその狭さこそ楽しくて泣くあり走るあり本を読むあり

竹やぶの奥には秘密の部屋があるとふたり怖づ怖づ連れ立ちて行く

ヱノコロ

いつせいに雪虫ながれ枯れて立つ狗尾草《ヱノコロ》よそれはキンノヱノコロ

金の狗尾草《ヱノコロ》枯れつつ揺るる今がいちばん幸せなのよとひとがつぶやく

点滴を受けつつひとはただ眠る眠れるひとの午後の辺にゐる

きみのすべてを肯ふといふにあらざれどそのさびしさはすべて宥《ゆる》さう

現在地の赤きマークは擦りきれてひとはおのれのいまを疑ふ

猫玉

猫玉をかきまぜて籤を引くやうな二月の空の晴れを眩しむ

犬塚信乃を好めるらしきはじめからお兄ちやんとのみ呼ばれ来し子は

旧かなで書けば「さふ」なり颯といふ四番目の子を横抱きに来る

この顔にそろそろ慣れてゆかねばと地下鉄の窓を見るたび思ふ

馬場あき子酒量をセーブしてをりしにひばり筑波の夜を寂しむ

歌は遺り歌に私は

半年の仮住まひなりどの部屋にも幼なき子らの気配が残り

長男の青鷺だよときのふからふさいでばかりゐる人を呼ぶ

時雨が走り光がそれを追ひかける橋のほとりの窓を楽しむ

遠き高処《つかさ》を雲わたる見ゆあの頃の病を知らぬ日の君がゐる

歌は遺り歌に私は泣くだらういつか来る日のいつかを怖る

早春

さらさらと風は流るる白梅《しらうめ》の花と花との謐《しづ》かなる距離

白梅の泡立つごとき枝えだに風は生まれて風やはらかし

梅が咲けば梅に人らは浮かれ出づ変ロ長調まだまだ寒い

白梅をわたりくるとき濾《こ》されたる光かすかな潤ひを帯ぶ

二階よりわれを呼ぶこゑ我を呼ぶ人あることのやすらぎにゐつ

ロシアンルーレットのごとくひとりがひきあてし病と言へど納得できぬ

末の子の颯《さふ》が学校に行くまでは生きたいと言ふ生きよとぞ言ふ

指痺れ痺れし指にめくりゆく君が選歌は見て見ないふり

痺れゐると差しだす指の腹を撫で　撫でてもつひにわれにわからぬ

痺れはもつとひどくなります　念を押すやうに言ふなりこの若き女医

指が痺れめくれないとふ君の背にシールはがしてシップ貼りやる

なにもかもわかつてゐるぜと春の水を分けつつ鯉の口はあぎとふ

もうここに来てはいけないにんまりと鯉は沈めり春の浮き草

十一画「亀」の部首にはただひとつ亀があるのみ寒のゆふぐれ

組事務所も禁煙らしき丸刈りのふたりゐて道に煙を吐ける

梅が花のしたの赤牛撫でられて撮られて瞑《つむ》ることなき目蓋

梅に誘はれ出でし人らのなかにありて三人家族はたこやきを喰ふ

狩集《かはづまり》、物集女《もづめ》街道どことなく似てゐて違ふ春のゆふぐれ

笑つてゐるしかないではないかオニフスベ白き胞子を吐《ほ》き出《い》だしをる

甘かりし我らと思ふ君が継ぐはずだつた屋敷がいま人のもの

もう二度とこの駅には降りたくないとあんなに思つてゐたはずなのに

さびしくてそのさびしさにきみは怒る朝日のなかに束子を使ひ

蘭の花も蘭のやうな女も嫌ひなり特に洋蘭の押しつけがましさ

旧かなと言へども例へばびめうとかてふてふとかは使へないよな

2Bのミツビシ・ユニが丁度いい歌のあたまに大きなマルを

さびしいぞ置きどころなき身の疲れ夕日が傾く　からんころん

ひとまがりふたまがりしてたどりゆく垣の万作三椏の花

ああこんなにも疲れてわれはさびしくてひとに呼ばれたやうにふり向く

早春の風まだ黝き畑の道白菜ひとつ蹴つとばしたり

引越し

養生《やうじやう》は人のみにあらず養生のなされし家に家具は運ばる

仮住まひの仮の気安さ如月の晦日に捨ててもどりきたりぬ

深呼吸のごときが漏るる半年を梱包されゐし本たちの顔

ダンボール積みあげられしいづれかに原稿依頼が咳《しは》ぶきてゐる

とりあへず原稿を送つてそののちと整理せぬ本はいつまでも崖

野草のカーテン気に入りてきみがこの部屋を占有宣言　ま、いいか

昨日まで三人かたまりゐし家族　夕食のあとをそれぞれに散る

猫専用両開き扉《ど》をつけたりしが恋する猫は出かけたるまま

蝶番《てふばん》のひとつはづれて裏木戸も飛んでゆきたい如月の風

風見鶏つけわすれたる新しき家に越しきて二月が終はる

バイパス手術

土佐みづき、常盤万作《ときはまんさく》人の名にあらずその花見分けがたしも

このままが五年つづけばそれでいい木五倍子《きぶし》を抜けて風やはらかし

帆をたたみ風泊《かぜは》てをする舟のやう　じつと怒りの過ぎ行くを待つ

唇をひたと見つめて声を読む父に短き言葉のみ択《えら》ぶ

バイパス工事とあつけなく言ふこの父の楽天はわれにそして息子に

訃報欄に顔の写真の有り無しの区別はありて木五倍子《きぶし》明るし

ちがふちがふさうじやないんだ　三椏の花のむかうがやけに明るい

十年先

この桜あの日の桜どれもどれもきみと見しなり京都のさくら

無愛想にわれらを容《い》れて謐《しづ》かなる夕べの桜は医学部の裏

きみが歌集にきみが詠へるさびしさを押し花のごとく想ふ日あらむ

床に寝て天井がいいと言ふ人の隣に天井の木目を見あぐ

柱にも梁にも鏄が入ります十年は続きますとこの棟梁は

この家の生木が沈黙するといふ十年先よわれらには無し

五年

五年といふ時間の長さ短さは言ひて詮《せん》なし言ふべくもなし

誕生日にはカミツレの花と決めてゐる五年ののちも十年ののちも

治療計画主治医と話す　実験にあらざればわれに何が言へよう

木《き》苺《いちご》、ときみが呼ばへば寄りて見る二階の窓より見ゆる木苺

ついてくる声あることのやすらぎに濁り鮒《ぶな》棲《す》む池の縁《ふち》まで

風はつねにむかう岸にぞやさしかる若き柳の枝ふかれつつ

枝吹かれ若き柳の生みゐたる風も光も春の岸辺に

儀与門堂荘

木苺の十粒がほどのたいせつは子らの手のひらにひとつづつひとつづつ

こんなところにまだあつたかと歩み寄る儀与門堂荘春の陽のなか

――吉川宏志が下宿していたのは、もう二十年も前

緑色のセーターだらりと現はれし吉川宏志学生の頃

人に飯を食はせることが好きだつた君と鍋ごと届けしかの夜

プリペットあまた折りきてプリペットの匂ひ濃きなか坐業に沈む

ハルノノゲシ

飲みなほさうと先に言ひしはきみなりきその後の酔ひの経緯《ゆくたて》おぼろ

放浪の癖《へき》ある猫は帰らざりききみが居ぬ夜を当然のごとく

首を垂れてゐるのがハルノノゲシよといつものやうに横の席より

あんな老後はわたしたちにはもうないと悲しきことばは聞きながすのみ

もうすぐ夏至だ

夏至までのわづかな日々を留守がちの庭に伸びゆくコスモス一叢《ひとむら》

二日ほど籠もりて何もなさざりきただきみとある無為がたいせつ

縁側がこんなにいいものだつたとは　きみはよろこび猫は眠れる

木の家の木のあたたかさ裸足にて夕風の縁《えん》をわたりゆくとき

汝が指示のとほりに動きダリアの苗五、六本がほどを植ゑ替へ終はる

こんなにいい亭主はゐないと吾は言ひほんとだと思ふ　きみは笑ふが

一日が過ぎれば一日減つてゆくきみとの時間　もうすぐ夏至だ

横で聞いてくれてるだけでいいのよと副作用の辛さを繰りかへし言ふ

きみの背に貼り薬二枚をぽんと貼りさあ寝ておいでと言ひ来し九年

陰惨な気分ときみが言ふときは待つた無しなりただちに寝かす

それはきみの病気が言はせた言葉だと思へるまでの日々の幾年

母のあらねばきみよりわれを知つてゐるひとはあらずも死ぬなと言へり

会つたこともないのにお母さんと呼びかけて裕子を頼むとまた言つてゐる

亀が鳴くをＹＯＵチューブにて見つけたり鳴きたくて鳴くにもあらぬ喉声

もうしばらくお互ひいい顔でゐたいよね男同士の話の切れ目

おつとつと早まつちまつた　わが口を出でし言葉を追ひかけて呑む

不安の元は言ふまでもなし寂しさはもとより形容できず夕風

それぞれの背に陽は射して亡き人の歌集に紅き栞垂れゐつ

熟ゞ《つくづく》とそのさびしさを辿りきて全歌集そろそろ死に近きころ

子規に律、馬琴にお路《みち》　甘えられるものに甘えて辛くあたりき

子規に妹、馬琴には息子の嫁がゐた

麦を見ればいつも何かが反応する麦の畑に焦げくさき風

火の匂ひ擦るがに風の過ぎゆける麦の畑を自転車で行く

ユリの木に沿ひて歩めり午後四時の陽を背向《そがひ》にし矗矗《ちくちく》と木々

きみのためにだけ時間を使はう　さう決めてゐたはずなのにまた引きうけて

日のあるうちに帰りきたれば驚きてどうかしたのと問ふ　さうなのか

声だけはいつも元気で電話切るまでのことなりわれだけが知る

背

三人の子の背の伸びを印《しる》したる古き柱は残し移しき

歌集にも背があり背を見せ並べるに死にたる人の歌集の多し

それぞれの背はあり背には表情も記憶もありてただ人ぞ亡き

歌は遺る言葉は遺る声だつて遺せるしかし匂ひそのほか

歌が残つてくれればといふところにて絶句せしなり舞台に人は

牛の鼻

まだ空が落ちてこないとゆふぐれをそりかへるなりオホクハガタと私

まだかまだかまだ孵化せぬか夕月が透けつつ西の空に膨らむ

牛の鼻行者寒風《さむかぜ》いくつものトンネル越えてもうすぐ小浜

とりあへず頷いておく私くらゐ幸せな病人は居ないときみが言ふとき

ただひとり永田和宏のほんたうを知る人がゐて……　頬杖をつく

想像などとてもできないゐなくなるそのさびしさはそのかなしさは

両肩を洗濯ばさみにはさまれてどこにも行けないゆふぐれのシャツ

ロールシャッハテストのやうな影であるゆふぐれのシャツしほたれてをり

留学生

しばらく遠くへ行つてゐませうと草の実のこぼれてをればかなしきものを

このあたり水に傾斜の見えざれば町のはづれがもう海である

菱の実をふたつ呉れたり青柳の浜の菱の実かすかに鳴るよ

シヤシヤンボの木だらうと言ふシヤシヤンボは知らねどしやしやんぼの響き懐かし

ドイツより来たりし少女名はＮＡＯＭＩ古きハローの町の名を言ふ

斎藤紀一の町と記憶す　ハローより少女来たりてラボに働く

旧約の名前かと問へば頷きて日本にもあると聞きて喜ぶ

きみの歌の最初の読者はいつも私だつた四十年もそれは続いて

狼藉

日ざかりの坂と言ふとも降りる人のぼる人その影の濃淡

秋真央《まなか》　ざくろもあけびも口を開け野に狼藉と言ふ季《とき》やある

裏庭のざくろが口を開くのももうすぐでせうまた飲みませう

夜の庭に柿の実の落つる音すなり落ちてすなはちつぶるる音ぞ

貴腐葡萄酒《きふわいん》とろりと咽喉に滑らせてまだこのひとは本音を言はぬ

覚悟

「それより生死《きうじ》の眠《ねぶ》りさめ、覚悟の月をぞもてあそぶ」（梁塵秘抄）

覚悟の月といふがあるならフリスビーのやうに飛ばしてやらうぢやないか

覚悟などあるはずもなしなりゆきがわれの時間を奪ひゆくのみ

もういいかいと問ふこゑがするもういいと言へるはずなどないではないか

なにをたべても不味《まづ》いとふことわからねど相槌を打ちまた打ちなほす

いつよりか命令口調が多くなりもつと食《く》へもつと歩けと言葉さびしも

埒もなききみの怒りを遣り過ごすトローチの穴を舌に載せつつ

そんなに無理をしなくてもいい転移とふそこのみ明るく電話のむかう

真剣勝負と言ふ人のありてそれほどのものでもなからうと学会にゐる

精巣に精母細胞卵巣に卵母細胞らんらんらんらん

桁数をなんども指で確かめて英語で答へる科研費の額

睡眠時間のもつとも少なき参加者ぞ国際会議に歌作るわれは

あなたより私が先と決めてゐたあの約束はどうしてくれる

こんなことなら建て替へなければ良かつたと言へば娘がわれを悲しむ

換気扇を抜け来る光がキッチンの床にゆつくりまはりつづける

二度目は妻が

一度目は母が二度目はわが妻が、われを残して行けないと言ふ

早く寝ろとまた言つてゐる寝てゐれば元のあなたにもどれるやうに

もう一度連れて行かうか北の湯にもうすぐ髪はもとの長さだ

水のなきプールにポプラの影おちて椅子積まれをり夏の日のまま

ホームレスの公田耕一歌を見ず飽きたと言ふならそのはうがいいが

弟子と言ひ部下などと言ふもの言ひの寒き言葉が歌詠みの会に

すこしづつ夕闇が足を浸しきてもういいだらうとわれを促がす

艇庫より頭上に掲げ運びくる四人漕艇《クオドルプル》の裏の擦り跡

岸辺より滑らせて水に放たるる細身の艇は産卵のやう

うしろむきに水を滑るは快感か夕日のなかのシングルスカル

〈中古車の穴場〉とふ看板の上に小旗が揺れやまぬなり

平成二十二年（２０１０）

天窓

禾属の織き穂に射す夕ひかりはかなき影が床に届ける

天窓がたとへば頭の天辺《てつぺん》にあるやうなきみのはしやぎやうなり

生きるために賢くなれとまた言へり言ひてその日が延びるといふか

悔しいときみが言ふとき悔しさはまたわれのもの霜月の雨

あと五年あればとふきみのつぶやきに相槌を打ち打ち消して、打つ

実感などなにもできないしてゐないい残されてなすひとりの食事

食べたくなくても食べよと言へりわがために食べてくれよと言ひたきものを

ほんたうはひとりになるのが怖いのだ　さうなのだらう雨の近江路

われらには老後とふものあらずけり左右《さう》の狛犬黄落の道

ががんぼは蚊の姥と書くがほんたうか手に残りたるががんぼの脚

沸点

病めばちひさく人はなりゆく吹く風の比叡颪の冷たきゆふべ

沸点といふがあるなら耐へ耐へて笛吹きケトルのごとく叫ぶか

遺るのか遺されるのかこの窓に紅き椿の降りやまぬなり

車でも車椅子でもどこまでも連れて行くから　ひとりで行くな

猫眠る猫の眠りに深浅のあればすなはち浅きが起き出す

春の雪

草の実をつけてはもどり来し猫のあの秋ぞあれは二年前の秋

――再発より二年

我が喰ふをきみは見てゐるただに見て人生の究極は食欲と言ふ

副作用はもとより承知しかれどももう止めようと言へなどしない

意識してわれに料理を教へるな茶の花白く下向きて咲く

ひとりになつて急に衰へ不機嫌になつたと皆が言ふのであらう

その身体ひき受けてあげようと言ふ人はひとりもあらず　たんぽぽ、ぽつぽ　河野裕子

ひき受けてやれない私は庭に出て雪だ雪だときみを呼ぶのみ

春の雪　雪の中洲に目を瞑りユリカモメらは風に梳かるる

わづかな時間

うとましき今年の桜あまつさへ桜の花に春雪積もる

硝子《がらす》隔てて見る桜には水銀《みづがね》のしづかに鍍金《めっき》されゆく気配

わが人生のもつとも忙しき半年に君の病はなほ進みゆく

容赦なきもの　四月此の世に花はあふれ静かに数値が上がりつづける

階段を登りくる音やや軽く点滴と点滴の間の日曜

原稿はもう引き受けないと約束すきみとの時間わづかな時間

湯湯婆《ゆたんぽ》を抱へて先に寝にゆける猫と共有してゐるきみの湯たんぽ

川ふたつ落ちあふあたりに風たちて山茱萸《さんしゅゆ》の黄の揺れゐるが見ゆ

室生寺五重塔　六首

幾たびも休み手を引きまた登る寒き光の坂　鎧坂

遠ざかるほどに大きく見ゆる塔　室生の塔は石段のうへ

再建されても国宝はなほ国宝で軒深く塔は翼たためる

塔は下から仰ぎ見るもの仰向けるきみの咽喉《のみど》の腫れを悲しむ

遠き代より瞑りつづけし仏たち春の光の眩さも知らず

さらさらと凛《さむ》き光よ歳月の洗ひ晒せしこの磨崖仏

定年退職、再就職

いくたびを詠ひいくたび渡りしか荒神橋を去る日のまぢか

鄭重にねぎらはれそして押し出さるこの集団の最高齢者として

いつのまに最高齢の前列に押し出されゐて挨拶をする

これだけは捨てて行けない若き日の筆圧強き実験ノート

椿多く落ちたる春と記憶せむ椿を踏みて朝あさを出づ

正面に神山《かうやま》を見てわが窓に向かへば新しき朝が始まる

卯の花

稜線にいつぽんいつぽん木のかたち枝のかたちの見えてゆふぐれ

娘が結婚した

手術痕のかすかな傷がウエディングドレスの胸に見えゐるあはれ

腕を組みて一歩一歩と歩むときああ駄目だもう笑ひさうになる

はじめから泣いてちや駄目だゆうこさん泪の意味は我のみが知る

見上げゐる表情のその輝きはほかの誰にも見せぬ輝き

食欲のもどり来し人をよろこびて無理に連れ出す道の卯の花

ともに過ごす時間いくばくさはされどわが晩年にきみはあらずも

いい夫婦であつたかどうかはわからねどおもろい夫婦ではあつたのだらう

整理のできぬあなたにいつもいらいらとしてゐしがそのいらいらよ続け

青葉木菟《あをばづく》の声が聞こえると呼ばはれば二人階段の踊り場に聞く

ふたりの老後

このさきどれだけの死を見届けて死に馴れ死に飽き死んでゆくのか

いつの間にか携帯の電池が切れてゐたそんな感じだ私が死ぬのは

さう言へば命令ばかりをして来しか妹のやうな娘のやうなあなた

あの頃の君の狂気がまだわれのどこかを嚙んでときをり疼《うづ》く

ともに悲しむことなきわれを悲しめるきみが寝たれば不意にひとりなり

ふたりだけの老後のために建てたるにふたりとふ贅沢を沁みて思ふも

きみのまへで決して涙は見せまいと決めてゐたのに　一年前は

点滴

助手席にきみのあらぬを悲しまず朽木街道合歓の花咲く

点滴棒押してトイレへ行くきみが棒につかまり息を整ふ

死がそこに機をうかがふといふことの比喩ならずして点滴つづく

目を瞑りゐること多きこの夏に目を瞑り言ふべセスダの夏

昔むかし出あつた頃より軽けれど昔のやうには抱きあげられない

コスモスを踏まないでとまた声が飛ぶ背に聞く声は昔の声だ

温泉たまご

もつともつと話しておけばよかつたと思ふのだらうおーいコスモス

カミツレの花弁がゆつくりほぐれゆく「あなたと出逢へてしあはせでした」

口を開けて眠れる人よ口を閉じよ隙間を見せれば死がすべりこむ

このままが続くかとふと錯覚す温泉たまごがおいしいと言つた

温度を変へ時間を変へて挑戦す失敗ばかりの温泉たまご

一週間と医師は言ひたり一週間ああコスモスはまだ咲かないぞ

点滴を抜いてヘパリンをフラッシュすこの手順にもまだ馴れないといふに

相槌を打つ声のなきこの家に気難しくも老いてゆくのか

八月十二日

「わたし、死ぬの？」問ひてかなしきまなざしにつひに無力の言葉よことば

われが泣けばわれの頭を抱きよせていつまでも撫で撫でやまざりき

こんなふうにきみに抱かれて泣いたことなかつたよなと言へば笑ひぬ

「ゆうこー」つと呼べば小さき息ひとつ吸ひ込みぬ最後にわがための息を

きみに届きし最後の声となりしことこののち長くわれを救はむ

おはやうとわれらめざめてもう二度と目を開くなき君を囲めり

いつぽんの白髪もなくてやはらかき髪を撫でやるごめんねごめんね

お母さん笑つてゐるよと紅が言ふ笑つておいでとまた髪を撫づ

あなたの椅子

たつたひとり君だけが抜けし秋の日のコスモスに射すこの世の光

あほやなあと笑ひのけぞりまた笑ふあなたの椅子にあなたがゐない

もうはるかな昔のやうにも思へるよ丸い眼鏡が西日の卓に

夕食の食べ方こまごまメモをして先に寝ますとありしあの頃

このふた月あなたの声を聞かないがコスモスだけが庭に溢れる

亡き妻などとどうして言へようてのひらが覚えてゐるよきみのてのひら

もう一度だけとふ一度のかなはざり庭よりわれを呼ぶこゑは、ああ

こんなものではない筈いつかどつかんと来るさびしさに備へておかねば

この夜にその妻の死をかなしめる友ありわれは友をかなしむ

──小池光に

子がふたり

背負ひきれぬ不安がきみを駆りたてし激昂なりしと今ならば思ふ

「あの頃」ともう言つてゐるあの頃の壊れたあなたを抱きて泣きぬ

この人を殺してわれも死ぬべしと幾たび思ひ幾たびを泣きし

子がふたりすべてを見てゐてくれたこと日蝕のやうな謐《しづ》かなる眸《め》に

淳の肩にすがりて号泣したる夜《よ》のあの夜《よる》を知るひとりが逝きぬ

結婚式、誕生日また授賞式、その十二日にあなたは死んで

平成二十三年（２０１１）

言はんこつちやない

きみのゐぬこの世にはもう怖いものなにもあらざり烏瓜ぶらり

生き抜いてその後をわれに任すとぞ歌ひしその後をいま生きてをり

生きてゆくとことんまでを生き抜いてそれから先は君に任せる　河野裕子

さう、私は惚けてはいけないない私しか知らないあなたが死んでしまふから

忘れ物したわと不意に帰つてくるそんな気がするコスモスの庭

コップにはいつも野の花さりげなくテーブルの隅にありし　あの頃

ああしんどと背に凭れ来ぬ　体温が背に伝はるまでのしばらく無言

あの頃の眉の太さが好きだつた眉を描くのが下手なのだきみは

描くたびに違ふかたちの眉となる眉ありし頃の顔のなつかし　河野裕子

裕子ちやんはいつも手拭ひ被《かぶ》つてると言ひし下の子言はぬ上の子

この日頃姉さんかぶりで暮らしをり日本手拭ひが頭に馴じむ　河野裕子

断われともう言はざりき講演も原稿もまして転移ののちは

言はんこつちやないとやつぱりあなたは言ふだらうか朝まで風呂で寝てゐたなんて

四十年

あの朝の私はあなたであつたのだ吊り橋の下に光が揺れて

何といふ顔してわれを見るものか私はここよ吊り橋ぢやない　河野裕子

よく笑ふ妻でありしよ四十年お婆さんのあなたと歩きたかつた

偶然に出逢つてのちの四十年もう偶然とは言へないだらう

最後までわたしの妻でありつづけあなた、ごはんは、とその朝も言へり

再発と聞きて二年と直感しその直感のままに逝かせし

日にいちど糠床をまぜるたいせつにきみが毎日してゐしやうに

ああさうだつたと起き出して糠床をかきまぜるかかること嬉しきみにつながる

もういちど高三郎を教へてよありふれた見分けのつかない高三郎を

ああ、それは、人を遠くにやるしぐさ　彼女には手をあはせないで欲しい

元気か

漂ふとふことばそのままただよへる綿虫がゐて　元気かと言ふ

ただいまと言ひて応ふる声はなし写真の前にもう一度言ふ

青葉木菟《あをばづく》が鳴いてゐるよと告げたきに告げて応ふる人はあらずも

二人の時間

遺《のこ》されるさびしさばかりを懼《おそ》れゐしわれを宥《ゆる》してさみしかりしか

痛みも吐き気も遂には実感できざりき実感できぬままに逝かせし

食べられぬきみの分まで我が食べてはしやぎて呑みてさびしかりにき

「一緒よ」と静かにきみは撫でくれき死ぬなと泣きしあの夜の髪

「お父さんを頼みましたよ」わが髪を撫でつつ子らへ遺せし言葉

「歌枕、おもしろかつた」とその声の予期せぬ強さ死の五時間前

二年間京都新聞で河野裕子と「京都歌枕」を連載した

「一緒の本をもつと作ろな」と言ひやればすなはち両手に頭《づ》を抱きくれき

それはいつもの笑顔であつた最後の言葉「おけら、おもしろかつたなあ」

少女時代の回想の野から戻りしかおもしろかつたとお螻蛄《けら》を言ひて

少女の日をわたしは知らず繰りかへしきみが言ひゐしお螻蛄《けら》を知らず

＊

忘れものがあつた気がして振りかへる蠟梅にほふ門の扉《と》の前

冬の陽の薄く射しゐる家壁に竹箒ひとつ塵取りひとつ

わたくしと竹箒とが壁に凭れ手持無沙汰に冬の陽を浴む

コスモスの花揺れ日本手拭が揺れればきみと思ふだらうきつと

手拭をいつも被つてゆうこさんその明るさが悲しかつたよ

お婆さんのあなたはきつと手拭を被つて箒に凭れただらう

＊

きみがゐない初めてのこの元朝に積もれる雪をひとり我が見る

いくたびをきみと歩きしわが庭の長谷《ながたに》八幡雪の狛犬《こまいぬ》

もう二度ときみから歌の生《あ》るるなし緑の格子の原稿用紙

贅沢だつたと今なら思ふ汝が歌をまつさきに読みて×《ばつ》など付けし

もう一度あなたの歌の選をしたし今度は全部を○にしてもいい

野良猫をローリと名づけ手なづけるローリはきみが飼ひゐたる猫

意味もなく日にいくたびもきみの名を呼びて働く掛け声のごとく

時間が癒してくれますからと人は言ふ嫌なのだ時間がきみを遠ざくること

失敗ばかりして作りたるいくつかの温泉卵を喜びくれぬ

最後まで歌人《うたびと》として妻として河野裕子はわれにまた母

おもろかつたなあと二人の時間をきみが言ふ短《みじか》かつたのだほんたうにこの世の時間

呑まうかと言へば応ふる人がゐて二人だけとふ時間があつた

汝がために生きるなどとは思はねど長生きをせむ汝が願ひなれば

長生きして欲しいと誰彼数へつつひにはあなたひとりを数ふ　河野裕子

女々《めめ》しいか　それでもいいが石の下にきみを閉ぢこめるなんてできない

飲まう飲まう

語るたびにあなたが遠くなつてゆく歌人《うたびと》としてわが妻として

わがうちに二つの死ありとりあへず歌人のはうの死を語りおく

二〇一〇を加へてあなたの略歴を締めくくりたり　そのあとが、ない

ときどきはあなたのケイタイからかけてみる　なあにお母さんと紅が応ふる

どこかでまだ会へるやうにも思はれてとりあへず悲しみは先送りする

髪長の少女となりし玲ちやんをあなたの分まで抱きしめておく

今年はもう梅の林に行きはしない　つまんないだろ梅だつて桜だつて

もうもはやさほど未練はあらざるをこの世には梅の花　白梅の花

喪の家かさうなのだらう汝が植ゑし梅がこんなに花を咲かせて

追伸不要と遺してきみが抜けゆきしこの世には梅を吹く冽《さむ》い風

きみが詠むはずだつたこの白梅にさらさらと二月の風が流るる

買ひ置きの葉書がたしかあつたはずときみの机をうろうろとする

万福寺の魚板《ぎよばん》のくぼみに手を触るるきみにひとりの日がありしこと

日向の匂ひがあんまり強い行つてくると告げることなく戸口を出れば

呼び捨てに呼べるのはああわれのみに今はなりたり　応へざれども

待たれゐし頃に帰りを急ぐことあらざりしかな　ひとり戸を開《あ》く

あの頃となんにも変つてゐはしない風に吹かれてゐるキンポウゲ

飲まうかと言ふのはいつもぼくだつた飲まう飲まうときみが応じて

わたくしは死んではいけないわたくしが死ぬときあなたがほんたうに死ぬ

あとがき

二〇〇七年（平成十九年）から二〇一一年（平成二十三年）までの作品、五六八首をまとめて一冊とした。『日和』に続く、私の十二冊目の歌集である。

本歌集は、私のこれまでの歌集のなかで、もっとも大切なもののうちのひとつになると思っている。タイトル『夏・二〇一〇』は、いささか若すぎる響きを持つが、二〇一〇年の夏は、私には生涯決して忘れることのできない夏になってしまった。妻の河野裕子が亡くなったのは、八月十二日。本歌集の大部分を占める、その前後の歌の多くを、私はまだ客観的に読むことができない。

新潮社の「波」という雑誌に、この一年間「河野裕子と私」という連載をしてきた。乳癌が見つかってから、再発し、そして亡くなるまでの十年、河野がどのようにもがき、苦しみ、そして私たち家族はどのようにその傍に寄りそってきたか。激しくも、精いっぱい生ききったと言える最後の十年を描くことになった。

最近、それは『歌に私は泣くだらう』（新潮社）として一冊になったが、それらの事情を背景として、この歌集の歌たちはある。河野裕子の最終歌集『蟬声』（青磁社）と、互いに響きあっていてくれれば、私としてはうれしいのである。

いまひとつ付け加えておくべきは、本歌集『夏・二〇一〇』から、私の歌が歴史的仮名遣い（旧かな遣い）で書かれていることである。前歌集でも予告したことだが、六十歳を越えれば旧かな遣いで歌を作ろうと、以前から思っていた。思い切って旧かな遣いに変えたことをよかったと思っているが、それが作品にどのような影響を与えているかは、読者の方々に読み取っていただくほかはない。

本歌集だけは、どうしても青磁社で出してほしいと以前から思ってきた。第九歌集『百万遍界隈』以来のことになるが、永田淳の手によってこの歌集が世に出ることを、もっとも喜んでいるのは、たぶん河野裕子なのだろう。

装丁を『蟬声』と同じく、濱崎実幸氏にお願いできたこともうれしいことであった。記してお礼を申し上げる。

二〇一二年七月一日

永田 和宏

歌集 夏・二〇一〇

塔21世紀叢書第200篇

初版発行日 二〇一二年七月二十四日
二刷発行日 二〇一五年八月二十七日

著　者 永田和宏
定　価 二六〇〇円
発行者 永田　淳
発行所 青磁社
京都市北区上賀茂豊田町四〇―一（〒六〇三―八〇四五）
電話 〇七五―七〇五―二八三八
振替 〇〇九四〇―二―一二四二二四
http://www3.osk.3web.ne.jp/~seijisya/

印　刷 創栄図書印刷
製　本 新生製本

ISBN978-4-86198-209-5 C0092 ¥2600E